AF343879

OBJETS D'ART

ET DE CURIOSITÉ

DU MOYEN AGE, DE LA RENAISSANCE

ET AUTRES

PARIS — 1914

OBJETS D'ART

ET DE CURIOSITÉ

DU MOYEN AGE, DE LA RENAISSANCE

ET AUTRES

CONDITIONS DE LA VENTE

Elle sera faite au comptant.

Les adjudicataires paieront *dix pour cent* en sus des prix d'adjudication.

ORDRE DES VACATIONS

Le Mardi 12 Mai 1914

	Numéros
Céramique	1 à 31
Émaux champlevés et peints	32 à 54
Objets variés	55 à 118

Le Mercredi 13 Mai 1914

Bronzes	119 à 139
Sculptures diverses	140 à 155
Bois sculptés	156 à 215
Meubles et Sièges	216 à 238
Tapisserie	239

Paris. — Imp. Georges Petit, 12, rue Godot-de-Mauroi. — 23763-14

CATALOGUE

DES

OBJETS D'ART

ET DE CURIOSITÉ

DU MOYEN AGE, DE LA RENAISSANCE ET AUTRES

Faïences Italiennes, Orientales, Hispano-Mauresques

ÉMAUX CHAMPLEVÉS ET PEINTS DE LIMOGES

Bijoux — Orfèvrerie — Ivoires

OBJETS VARIÉS

Bois sculptés — Bronzes — Sculptures diverses

SIÈGES — MEUBLES — TAPISSERIE

DONT LA VENTE AURA LIEU A PARIS

HOTEL DROUOT, Salle Nᵒ 1

Les Mardi 12 et Mercredi 13 Mai 1914

à 2 heures

COMMISSAIRES-PRISEURS

Mᵉ F. LAIR-DUBREUIL	Mᵉ HENRI BAUDOIN
6, rue Favart, 6	10, rue Grange-Batelière, 10

EXPERTS

MM. MANNHEIM	M. HENRI LEMAN
7, rue Saint-Georges, 7	37, rue Laffitte, 37

EXPOSITIONS PUBLIQUES

Les Dimanche 10 et Lundi 11 Mai 1914, de 1 heure 1/2 à 6 heures.

OBJETS D'ART

ET DE CURIOSITÉ

CÉRAMIQUE

1 — PLAT creux, en ancienne faïence de Rhodes, décoré d'œillets rouges et de tulipes bleues. Marli vermiculé.

Diam., 31 cent.

2 — PLAT creux, en ancienne faïence de Rhodes, décoré d'un motif rayonnant à quatre tulipes stylisées, séparées par des arabesques, et reliées par une rosace centrale.

Diam., 30 cent.

3 — PLAT creux, en ancienne faïence de Rhodes, décoré d'un bouquet d'œillets rouges et de tulipes bleues. Marli vermiculé.

Diam., 30 cent.

4 — PLAT creux, en ancienne faïence de Manissès, décor à reflets métalliques : motif irrégulier et écusson échiqueté.

Diam., 40 cent.

5 — PLAT creux, en ancienne faïence de Manissès, décor à reflets métalliques composé d'un oiseau au milieu de rinceaux fleuris.

Diam., 38 cent.

6 — Cinq fragments, en terre émaillée de la suite des Robbia, formant encadrement, à décor de fruits et fleurs.

Diam., 70 cent.

7 — Coupe à bord festonné, en ancienne faïence de Faenza, décorée, au centre, d'un amour et sur le reste de la pièce, de feuillages rayonnants.

Diam., 22 cent.

8 — Coupe à bord festonné, en ancienne faïence de Faenza, présentant, au centre, un personnage nu, courant, et alentour, des feuillages rayonnants.

Diam., 27 cent.

9 — Coupe à bord festonné, en ancienne faïence de Faenza, présentant, au centre, une figure de femme vue à mi-corps, et, alentour, des compartiments rayonnants contenant des feuilles.

Diam., 25 cent.

10 — Coupe en ancienne faïence de Faenza, présentant un médaillon contenant une figure de femme nue. Alentour, des rinceaux sur fond bleu et jaune d'ocre.

Diam., 26 cent.

11 — Plat en ancienne faïence de Venise, décor en relief en bleu et violet, composé d'un amour étendu dans un paysage avec rinceaux feuillagés au marli.

Diam., 39 cent.

12 — Deux pots de pharmacie, en ancienne faïence d'Urbino. Ils présentent des écussons armoriés aux armes de l'Empire et deux frises de rinceaux.

Haut., 19 cent.

13 — Deux vases de pharmacie, en ancienne faïence d'Urbino, décorés, l'un en jaune et l'autre en bleu, de trois
frises de rinceaux disposées autour de cartouches portant des inscriptions.

Haut., 21 cent.

14 — Coupe à bord festonné, en ancienne faïence d'Urbino :
Actéon métamorphosé en cerf.

Diam., 26 cent.

15 — Coupe en ancienne faïence d'Urbino, présentant la
mort des enfants de Niobé. Fond de paysage.

Diam., 27 cent.

16 — Plat rond creux, en ancienne faïence d'Urbino, présentant Orphée dans un paysage.

Diam., 34 cent.

17 — Pot de pharmacie, en ancienne faïence italienne. Il
est orné de deux médaillons à bustes d'hommes et de
rinceaux et fleurettes en jaune, vert et manganèse sur
fond bleu. XVIe siècle.

Haut., 16 cent.

18 — Pot de pharmacie. Il est décoré de deux médaillons
à bustes d'homme et de femme séparés par de larges
rinceaux feuillagés chargés de fleurs et de fruits en jaune
et vert sur fond gros bleu. Faïence italienne, XVIe siècle.

Haut., 17 cent.

19 — Petit pot de pharmacie, en faïence italienne, présentant un jeune enfant nu assis au milieu d'un paysage.
Sur la base et sur l'épaulement, une guirlande de
feuillages. XVIe siècle.

Haut., 11 cent.

20 — Petit pot de pharmacie, en ancienne faïence italienne. Il est décoré d'un large médaillon portant l'inscription : *Arabicie,* et, au revers, la date : *1581*.

Haut., 12 cent.

21 — Petit vase de pharmacie, en ancienne faïence italienne. Il est décoré d'un médaillon à buste d'homme et de larges rinceaux et fleurettes en jaune et vert sur fond gros bleu.

Haut., 13 cent.

22 — Petit pot de pharmacie, en ancienne faïence italienne. Il est décoré d'un médaillon à buste d'homme de trois-quarts à gauche et de larges rinceaux fleuris en jaune et vert sur fond gros bleu.

Haut., 15 cent.

23 — Petit cornet de pharmacie, en faïence italienne. Il est décoré d'une frise, présentant Vénus et les Amours, et un écusson d'armoiries soutenu par deux génies. xvie siècle.

Haut., 16 cent.

24 — Deux plats variés, en ancienne faïence italienne, présentant : l'un, un porte-étendard ; l'autre, une femme tenant une corbeille de fruits.

Diam., 25 cent. et 23 cent.

25 — Deux pots de pharmacie, en ancienne faïence de Castelli, à sujet de sainteté.

Haut., 23 cent.

26 — Onze assiettes, en ancienne faïence de Castelli, à décors variés de paysages animés.

Diam., 18 cent.

27 — Plat en ancienne faïence de Castelli, présentant un cortège triomphal. Marli chargé de trophées.

Diam., 41 cent.

28 — GRAND PLAT creux, en ancienne faïence de Castelli,
présentant, au fond, un grand motif architectural avec
statue. Au premier plan, deux personnages. Marli à
paysage animé.

Diam., 5o cent.

29 — PLAT creux en faïence italienne à sujet mythologique
à nombreux personnages.

Diam., 41 cent.

3o — COUPE en faïence à décor bleu, personnage agenouillé
au-dessus d'un poisson.

Diam., 24 cent.

31 — PLAT ovale en faïence : Diane couchée auprès du cerf
et accompagnée de deux chiens. Chute feuillagée.

Grand diamètre, 45 cent.

ÉMAUX

CHAMPLEVÉS ET PEINTS

32 — PLAQUE de croix, en cuivre champlevé et émaillé,
Limoges, XIII⁰ siècle. Elle est ornée d'une figure de
saint personnage drapé et tenant un livre.

Haut., 10 cent.

33 — PLAQUE ronde, en cuivre champlevé et émaillé,
Limoges, XIII⁰ siècle, présentant un saint personnage,
vu à mi-corps, tenant un livre et bénissant.

Haut, 7 cent.

34 — PLAQUE rectangulaire, en émail peint en couleurs : le
Christ de Pitié. Limoges, XVI⁰ siècle.

Haut., 105 millim.; larg., 88 millim.

2

35 — Plaque rectangulaire, en émail peint en grisaille : la Résurrection. Limoges, XVIᵉ siècle.

Haut, 155 millim.; larg., 120 millim.

36 — Deux plaques rectangulaires, en émail peint en couleurs. Limoges, XVIᵉ siècle. Elles présentent chacune une figure de sibylle debout sous une arcade.

Haut., 165 millim.; larg., 10 cent.

37 — Plaque rectangulaire, en émail peint en couleurs. Limoges, XVIᵉ siècle. Adam et Ève tentés par le serpent.

Haut., 165 millim.; larg., 135 millim.

38 — Plaque rectangulaire, en émail peint en couleurs, attribuée à Couly Noylier. Limoges, XVIᵉ siècle. Composition de nombreux personnages : *Ecce Homo*.

Haut., 16 cent.; larg., 13 cent.

39 — Plaque ovale, en émail peint en couleurs : le Christ de Pitié, vu à mi-corps. Limoges, XVIᵉ siècle.

Haut., 65 millim.; larg., 50 millim.

40 — Plaque rectangulaire, en émail peint en couleurs : la Crucifixion. Composition de nombreux personnages. Limoges, XVIᵉ siècle.

Haut., 105 millim.; larg., 95 millim.

41 — Plaque de baiser de paix, en émail peint en couleurs. Limoges, XVIᵉ siècle : le Christ crucifié. A ses côtés, la Vierge et saint Jean. Fond de paysage.

Haut., 90 millim.; larg., 60 millim.

42 — Plaque de baiser de paix, en émail peint en couleurs, atelier de Pénicaud. Limoges, XVIᵉ siècle : la Vierge assise tenant sur les genoux l'Enfant Jésus, à qui elle présente une pomme

Haut., 65 millim.; larg., 48 millim.

43 — Très petit baiser de paix, en émail peint en couleurs.
Limoges, xvie siècle : le Calvaire. Cadre en bronze,
à motifs gothiques, de l'époque.

Haut., 65 millim.; larg., 53 millim.

44 — Deux plaques de baisers de paix, en émail peint en
couleurs. Limoges, xvie siècle. Elles présentent : l'une,
le Calvaire; l'autre, la Pietà.

Hauteur de chacune, 90 millim.; larg., 70 millim.

45 — Plaque de baiser de paix, en émail peint en couleurs.
Limoges, xvie siècle. Elle présente le sujet de la Sainte-
Trinité.

Haut. 90 millim.; larg., 70 millim.

46 — Plaque ronde, en émail peint en couleurs. Limoges,
xvie siècle : le Portement de croix.

Diam., 5 millim.

47 — Plaque rectangulaire, en émail peint en couleurs, par
Jean Limosin. Limoges, fin du xvie siècle. Elle présente
le portrait de François de Sales, vu à mi-corps, vêtu
d'un camail bleu, sur fond de paillons.

Haut., 10 cent.; larg., 75 millim.

48 — Deux petites salières hexagones, en émail peint en
couleurs. Limoges, xvie siècle. Elles présentent chacune
au pourtour, des figures de saints. Dans les récipients,
un buste ou une fleurette.

Haut., 45 millim.

49 — Plaque rectangulaire, en émail peint en couleurs, par
Jean Limosin : sainte Gertrude, vue à mi-corps.
Limoges, xviie siècle.

Haut., 105 millim.; larg., 80 millim.

50 — **Deux plaques** rectangulaires, en émail peint en couleurs, par *Jacques Laudin*. Limoges, XVIIᵉ siècle. Elles présentent les bustes de saint Pierre et de saint Barthélemy.

> Haut., 11 cent.; larg., 9 cent.

51 — **Plaque** rectangulaire, en émail peint en couleurs, atelier des Laudin Limoges, XVIIᵉ siècle. Composition de cinq personnages. Bordure de rinceaux en relief.

> Haut., 25 cent.; larg., 18 cent.

52 — **Tasse et soucoupe**, en émail peint en couleurs, atelier des Laudin. Limoges, XVIIᵉ siècle. Sur la tasse, des bustes de personnages historiques. Sur la soucoupe, Judith et Holopherne. La tasse est signée de *Noël Laudin*, la soucoupe de *Jacques Laudin*.

> Hauteur de la tasse, 7 cent.

53 — **Plaque** de baiser de paix, en émail peint, présentant le sujet de l'Annonciation.

> Haut., 10 cent.

54 — **Plaque** cintrée du haut, en émail peint en couleurs : l'Ensevelissement du Christ.

> Haut., 165 millim.; larg., 125 millim.

OBJETS VARIÉS

55 — **Statuette** en terre cuite antique de Tanagra : femme debout drapée.

> Haut., 19 cent.

56 — **Statuette** en terre cuite antique de Tanagra : femme debout, drapée et voilée tenant une patère de la main gauche.

> Haut., 18 cent.

57 — FEMME en terre cuite antique, debout, drapée, la jambe droite légèrement repliée.

Haut., 24 cent.

58 — STATUETTE en terre cuite antique de Tanagra : femme debout, drapée, les cheveux maintenus par un bandeau noué sur le milieu de la tête.

59 — CUILLER en argent partiellement doré, décorée de bustes et figures avec inscription polonaise. XVIIe siècle.

Long., 24 cent.

60 — CUILLER en buis à manche d'argent ciselé et doré orné de mascarons et surmonté d'une figurine de guerrier de style antique s'appuyant sur une targe. Allemagne, fin du XVIe siècle.

Long., 17 cent.

61 — GRAND CAMÉE agate, de forme ovale, présentant une tête de personnage barbu et lauré. Cadre de la fin du XVIe siècle, en cuivre ajouré et émaillé blanc, enrichi de perles baroques.

Grand diamètre, 10 cent.; petit diamètre, 8 cent.

62 — CAMÉE-COQUILLE ancien, rectangulaire, présentant le sujet de l'Ensevelissement du Christ. Cadre en bronze.

Haut., 10 cent.; larg., 7 cent.

63 — PETIT MÉDAILLON ovale, gravé sur cristal et doré, et présentant le sujet d'Auguste et la Sibylle. Travail italien, XVIe siècle. Cadre en argent doré.

Haut., 6 cent.

64 — MONSTRANCE en cristal de roche et filigrane d'argent doré. Travail italien, fin du XVIe siècle.

Haut., 22 cent.

65 — Petit plateau de forme octogone, composé de plaquettes de cristal de roche gravé, à décor de palmettes.
Travail italien.

Larg., 23 cent.

66 — Gobelet en cristal de roche taillé à facettes. Base en
or de couleur ciselé. enrichie de demi-turquoises.

Haut., 12 cent.

67 — Coupe forme coquille, en cristal de roche gravé, à
décor de rinceaux. Monture en argent.

Longueur de la coupe, 165 millim ; haut., 145 millim.

68 — Vase sur pied-balustre à couvercle. Il est formé d'une
noix de coco et monté en argent doré. Décor de mascarons, fruits, figurines, fleurons, etc. Travail allemand.

Haut., 26 cent.

69 — Statuette en bois sculpté, représentant un personnage debout, en costume de paysan, et portant sur le dos
une hotte en argent. Travail allemand.

Haut., 28 cent.

70 — Bocal en cristal de roche gravé, monté en argent. Le
couvercle est décoré d'engrêlures et de fleurons. La
base à nœud repose sur trois petits lions. Travail
allemand.

Haut., 420 millim.

71 — Calice en argent doré, sur pied à nœud et base
polylobée. xvᵉ siècle.

Haut., 18 cent.

72 — Couvercle de bocal en argent, chargé de cabochons
et de globules ajourés, également d'argent. Fin du
xvıᵉ siècle.

Diam., 13 cent.

73 — COUPE polylobée sur pied, en argent repoussé, gravé et doré. Elle affecte la forme d'un calice de fleur supporté par une figurine d'enfant reposant sur une base ronde à fleurs. Elle contient une figurine mobile. Travail allemand en partie de la fin du XVIe siècle.

Haut., 23 cent.

74 — NAUTILE formé d'une coquille à monture d'argent partiellement doré, comprenant un mascaron, une lionne et des guirlandes. Le pied est composé d'une statuette de satyre assis en argent. Travail allemand.

Haut., 48 cent.

75 — VASE avec couvercle et sur pied en étain, décoré, au pourtour, de mufles de lions. Le bouton du couvercle est composé d'une figurine de femme nue. Travail allemand, XVIe siècle.

Haut., 40 cent.

76 — RELIQUAIRE en cuivre gravé et doré, en forme de croissant orné de cabochons. Il est décoré, sur la face, d'un médaillon circulaire portant une inscription latine et au revers de l'agneau mystique inscrit dans un médaillon circulaire disposé entre deux rinceaux. Le pied polylobé offre des palmettes gravées.

Hauteur totale, 23 cent.

77 — GROUPE en cuivre battu, représentant la Vierge assise tenant de la main droite une fleur et portant sur le genou gauche l'Enfant Jésus bénissant. Les têtes, les mains et les pieds sont en argent. Sur la poitrine, un cabochon de cristal. Base ornée d'émaux.

Haut., 55 cent.

78 — CALICE en argent gravé et repoussé, à sujets saints avec inscriptions.

Haut., 155 millim.

79 — GROS RELIQUAIRE, composé d'un fragment de défense
d'éléphant compris dans une monture en cuivre. Pied
également en cuivre.

Haut., 35 cent.

80 — AMULETTE, formée d'une noix, enrichie de perles
baroques. Italie, xviie siècle.

Haut., 4 cent.

81 — PETIT LION passant en argent doré. Allemagne,
xviie siècle.

Long., 7 cent.

82 — FIGURINE équestre en argent, présentant un cavalier,
portant l'armure complète, monté sur un cheval au pas.
Sur la base, l'inscription : *Viena austriae.* xviie siècle.

Haut., 9 cent.

83 — RELIQUAIRE en argent repoussé et doré, en forme de
petit monument surmonté d'une croix et porté par un
pied balustre sur base ronde feuillagée. Il contient des
reliques. Commencement du xviie siècle.

Haut., 3o cent.

84 — PETITE CROIX-RELIQUAIRE en argent doré et niellé, enrichi
de perles et de pierres de couleur. Elle contient de petits
bas-reliefs en bois sculpté et ajouré à sujets saints.
Ancien travail grec.

Haut., 17 cent.

85 — DEUX PETITS MOTIFS d'architecture, provenant d'un
reliquaire, composés d'anges debout devant une tourelle
à fenestrages gothiques. Cuivre doré. Fin du xve siècle.

Haut., 7 cent.

86 — DEUX PLAQUETTES rectangulaires, en cuivre repoussé et
doré, présentant : l'une, le Sacrifice d'Abraham ; l'autre,
une scène tirée de la Vie du Christ. xviie siècle.

Haut., 14 cent.; larg., 11 cent.

87 — ONZE GRAINS de chapelet en bois sculpté de forme polyédrique. Les faces de chacun de ces grains sont sculptées en bas-relief et présentent des sujets saints ainsi que des lettres et des monogrammes. Travail flamand, XVIᵉ siècle.

Long., 28 cent.

88 — DEUX MÉDAILLONS ovales présentant l'un la Nativité, l'autre l'Annonciation avec personnages émaillés et en léger relief sur fond de parchemin orné de paysages. Cadre en cuivre à fleurettes. Époque Louis XIII.

Haut., 10 cent.

89 — PLANCHE de graveur en cuivre, présentant un personnage à mi-corps richement vêtu avec inscription allemande et date : *1605*. Travail allemand, commencement du XVIIᵉ siècle.

Haut., 20 cent.; larg., 14 cent.

90 — PLAQUE rectangulaire en cuivre gravé et doré, présentant l'Annonciation, sujet disposé sous deux arcades.

Haut., 13 cent.; larg., 15 cent.

91 — BAS-RELIEF en cire teintée rose, représentant Cléopâtre. Cadre en bois doré sous verre. XVIIᵉ siècle.

Haut., 23 cent.; larg., 18 cent. 1/2.

92 — HAUT-RELIEF en cire de couleur, représentant un personnage en armure, vu à mi-corps et appuyé sur son casque. Travail italien, XVIIᵉ siècle. Cadre en bois noir.

Haut., 32 cent.; larg., 26 cent.

93 — PETIT DIPTYQUE peint à sujet saint. Travail grec.

Largeur ouvert, 14 cent.

94 — PULVÉRIN en corne sculptée, décoré de figures allégoriques et de trophées. Monture en fer. XVIIᵉ siècle.

Larg., 20 cent.

3

95 — GOBELET de forme évasée en verre émaillé de Venise. XVIᵉ siècle, présentant deux écussons d'armoiries.

Haut., 13 cent.

96 — GRAND BOCAL cylindrique, en verre émaillé, présentant un écusson d'armoiries et deux personnages. Travail allemand.

Haut., 33 cent.

97 — BOCAL cylindrique en verre émaillé, de travail allemand, présentant le buste de Léopold, Empereur d'Allemagne, et les bustes des Électeurs d'Empire.

Haut., 22 cent.

98 — BOCAL cylindrique en verre émaillé, de travail allemand, présentant l'aigle d'Empire.

Haut., 23 cent.

99 — BOCAL cylindrique en verre émaillé, présentant une dame offrant des fleurs à un cavalier.

Haut., 23 cent.

100 — BOCAL cylindrique en verre émaillé, présentant sous des arcades les apôtres debout, tenant leurs attributs. Travail allemand.

Haut., 25 cent.

101 — GOBELET sur piédouche, orné sur la coupe d'un sujet militaire relatif à Gustave Adolphe.

Haut., 18 cent.

102 — GROUPE en jais, composé d'une figure de saint Jacques le Majeur, accompagné de deux saints. XVIIᵉ siècle.

Haut., 21 cent.

103 — Étui pour trousse, en bois sculpté, décoré de figures, avec encadrements à volutes. Sur les côtés, une inscription avec la date : *1594*. Fin du XVIᵉ siècle.

Long., 23 cent.

104 — Petit coffret de forme rectangulaire, en cuir noir ciselé, à décor de rinceaux feuillagés. Travail italien XVᵉ siècle.

Long., 16 cent.; larg., 13 cent.

105 — Petit christ en ivoire sculpté. Autour des reins, un linge, retenu par une corde. XVIᵉ siècle.

Haut., 13 cent

106 — Fragment d ocle en ivoire sculpté, à décor d'animaux. XVIᵉ siècle.

Long., 9 cent.

107 — Figurine en ivoire sculpté : le Christ à la colonne. Travail italien, XVIᵉ siècle. Socle en bois noir.

Haut., 9 cent.

108 — Petit groupe en ivoire sculpté : Hercule terrassant le lion de Némée. Travail italien, fin du XVIᵉ siècle.

Haut., 11 cent.

109 — Statuette en ivoire sculpté de personnage nu assis, se ponçant les pieds. XVIIᵉ siècle.

Haut., 12 cent.

110 — Plaque rectangulaire en ivoire sculpté en bas-relief, présentant neuf compartiments à sujets saints. Ancien travail gréco-russe.

Haut., 75 millim.; larg., 60 millim.

111 — DEUX VITRAUX peints en grisaille, sujets à personnages en costumes Renaissance.

Diam., 23 cent.

112 — AQUAMANILE en dinanderie, en forme de lion dressé :
elle est ornée de cabochons de cristal.

Haut., 21 cent.

113 — PETIT BUSTE en fer, partiellement doré, représentant
un guerrier armé à l'antique.

Haut., 6 cent.

114 — STATUETTE de guerrier debout, en armure, tenant
une lance de la main gauche et une targe de la main
droite. Plomb.

Haut., 1 m. 15.

115 — STATUETTE en plomb, avec traces de dorure, représentant un amour étendu couché sur un dauphin. Socle
adhérent.

Haut., 24 cent.

116 — DEUX LANDIERS en fonte, à motifs gothiques sur-
montés d'un mascaron.

Haut., 52 cent.

117 — BOURGUIGNOTTE en bronze fondu et ciselé, provenant
d'un motif décoratif. Elle est ornée sur chacune de ses
faces d'un motif à personnages, présentant d'un côté,
David et Goliath et de l'autre, Esther et Assuérus.

118 — BOURGUIGNOTTE en fer repoussé et partiellement doré,
présentant des travaux d'Hercule.

Haut., 32 cent.

BRONZES

119 — CHRIST en bronze patiné, provenant d'une croix. XIIe siècle.

Haut., 15 cent.

120 — ENCENSOIR en bronze ciselé et ajouré, couvercle simulant un monument à fenestrages. Limoges, XIIIe siècle.

Haut., 18 cent.

121 — PETITE FIGURINE d'amour nu assis, en bronze patiné. Italie, XVIe siècle. Elle repose sur un petit vase renversé, également en bronze.

Hauteur de la statuette, 7 cent.

122 — PETIT CHRIST provenant d'une croix, en bronze doré. Fin du XVIe siècle.

Haut., 11 cent.

123 — DEUX PETITES CARIATIDES, en bronze ciselé. Fin du XVIe siècle.

Haut., 10 cent.

124 — CHANDELIER en bronze doré, à tige composée d'une cariatide d'homme, tenant sur la tête la douille porte-lumière ; base octogone gravée. Époque Louis XIII.

Haut., 32 cent.

125 — DEUX PETITES CONSOLES-APPLIQUES, surmontées chacune d'un ange agenouillé, les mains étendues. Bronze doré du XVIIe siècle.

Haut., 36 cent.

126 — FIGURINE de femme étendue, allégorie de la musique, provenant d'une horloge de table. Bronze doré, XVIIe siècle.

Long., 12 cent.

127 — DEUX FIGURINES en bronze ciselé et doré, ayant servi de pieds de reliquaires, représentant chacune un personnage agenouillé. Ancien travail allemand.

Haut., 7 cent.

128 — STATUETTE en bronze patiné, d'homme nu, barbu et debout. Ancien travail italien. Base en bois.

Hauteur de la statuette, 28 cent.

129 — STATUETTE de Vénus nue et debout, la jambe droite infléchie. Plomb. XVIe siècle.

Haut., 67 cent.

130 — BUSTE d'enfant, grandeur nature, en bronze patiné, les yeux sont incrustés d'argent. Imitation d'antique, piédouche en marbre blanc.

Hauteur du buste, 25 cent.

131 — STATUETTE, en bronze patiné, d'ange debout, amplement drapé et tenant un porte-cierge. Travail italien.

Haut., 31 cent.

132 — GROUPE en bronze patiné, représentant saint Georges à cheval terrassant le dragon. Travail italien.

Haut., 20 cent.; larg., 23 cent.

133 — GROUPE en bronze de trois personnages, représentant l'Enlèvement de Proserpine.

Haut., 60 cent.

134 — PLAQUETTE d'après Riccio : la Mise au tombeau. Galvanoplastie. Monture en bois noir.

135 — PLAQUE rectangulaire d'après Riccio : la Mise au Tombeau. Galvanoplastie. Monture en bois noir.

Larg., 17 cent.

136 — PLAQUE rectangulaire en bronze, présentant la Mise au Tombeau. Travail italien.

Haut., 22 cent.; larg., 17 cent.

137 — MÉDAILLE en bronze : Frédéric, Électeur de Saxe, son buste de trois-quarts à droite et, au revers, écusson armorié.

Diam., 63 millim.

138 — QUATRE FIGURINES d'enfants nus en bronze patiné, les bras levés.

Hauteur de l'une, 10 cent.

139 — DEUX LANDIERS en bronze patiné, formés d'une cariatide d'homme et d'une cariatide de femme du xvie siècle. Ces cariatides sont montées sur des bases à volutes et mascarons.

Haut., 64 cent.

SCULPTURES DIVERSES

140 — STATUETTE en marbre tendre blanc, représentant la Vierge de l'Annonciation, debout, les bras croisés sur la poitrine, une branche de lis à la main. Travail espagnol du xve siècle.

Haut., 70 cent.

141 — CHRIST à mi-corps, en pierre grise sculptée. xve siècle.

Haut., 25 cent.

142 — DEUX CONSOLES-APPLIQUES en pierre sculptée et poly-chromée, présentant un buste d'homme et un buste de femme. Travail espagnol. xvie siècle.

Haut., 22 cent.; larg., 27 cent.

143 — Figurine de lion assis, les pattes posées sur un mouton. Albâtre partiellement doré et peint. xviie siècle.

Haut., 22 cent.

144 — Haut-relief de forme carrée en terre cuite : le Calvaire. xviie siècle. Italie. Encadré.

Haut. et larg., 18 cent.

145 — Médaillon rond en pierre sculptée, présentant la Vierge vue à mi-corps, entre deux anges tenant un fruit. Encadrement en bois peint et doré.

Diamètre du médaillon, 62 cent.

146 — Statuette en pierre sculptée, représentant une sainte femme à genoux, en prières, la tête levée.

Haut., 65 cent.

147 — Groupe-applique, en pierre sculptée : la Vierge assise, retenant du bras gauche l'Enfant Jésus debout auprès d'elle.

Haut., 63 cent.

148 — Statuette en pierre sculptée, représentant un saint évêque debout, tenant de la main gauche un livre ouvert. Il porte des gants ornés de bagues.

Haut., 1 m. 05.

149 — Bas-relief rectangulaire, en marbre rouge à l'imitation du bronze, présentant une jeune femme casquée vue de trois-quarts à gauche. Cadre mouluré en marbre de couleur. Travail italien.

Hauteur totale, 37 cent.; larg., 27 cent.

150 — Médaillon rond en marbre blanc sculpté, en hautrelief, présentant un buste de femme de face, vêtue d'un corsage décolleté en carré, et d'une chemisette enrichie d'un collier. Travail italien.

Diam., 40 cent.

151 — BAS-RELIEF de forme rectangulaire en marbre blanc, présentant deux bustes accolés, l'un de jeune femme, et l'autre de vieillard coiffé d'une toque.

Haut., 31 cent.; larg., 39 cent.

152 — STATUETTE en pierre tendre sculptée : Moine assis et lisant.

Haut., 40 cent.

153 — PETIT BUSTE de femme, représentée de face, la tête étant exécutée en marbre rouge, le corsage en argent repoussé. Piédouche en marbre.

Hauteur totale, 40 cent.

154 — BAS-RELIEF rectangulaire en pierre lithographique, présentant un buste de femme, inscrit dans un cartouche au-dessus de l'inscription suivante : *Maria Ruten uxor Antonii Van Dyck. Gér. Van Opstal. fec. MDCXL.* Cadre en bois noir et doré.

Haut., 32 cent.; larg., 27 cent.

155 — PETIT BUSTE en terre cuite, portrait présumé d'Alessandro Vitoria. Travail italien.

Haut., 37 cent.

BOIS SCULPTÉS

156 — GROUPE-APPLIQUE en bois sculpté et peint en gris, représentant la Vierge assise, couronnée, voilée et drapée, allaitant l'Enfant Jésus. XIVe siècle.

Haut., 95 cent.

157 — GROUPE-APPLIQUE, petite nature, en bois sculpté, représentant la Vierge assise, coiffée d'un voile retenu par une couronne et portant sur les genoux l'Enfant Jésus, qui fait le geste de bénédiction. XVe siècle.

Haut., 1 m. 50.

158 — STATUETTE-APPLIQUE en bois sculpté, représentant sainte Catherine debout, amplement drapée, tenant une épée. A ses pieds, la roue. Travail allemand, fin du xvᵉ siècle.

Haut., 1 mètre.

159 — STATUE, petite nature, en bois sculpté et peint, représentant saint Jean debout, la tête appuyée sur la main droite, et tenant de la main gauche un livre. Fin du xvᵉ siècle.

Haut., 1 m. 48.

160 — STATUETTE-APPLIQUE, en bois sculpté et polychromé, représentant saint Jean debout, drapé et tenant un livre sous le bras gauche. Fin du xvᵉ siècle.

Haut., 73 cent.

161 — STATUE-APPLIQUE, petite nature, en bois sculpté, représentant la Vierge debout, amplement drapée, la tête ceinte d'une couronne à fleurons, tenant de la main gauche un livre ouvert. Travail flamand, fin du xvᵉ siècle.

Haut., 1 m. 15.

162 — STATUETTE-APPLIQUE en bois sculpté, avec traces de polychromie, représentant sainte Catherine debout, tenant la roue sur le bras gauche. xvᵉ siècle.

Haut., 78 cent.

163 — STATUETTE en bois sculpté, peint et doré, représentant une sainte femme, tenant de la main droite un livre et ayant près d'elle une brebis. Fin du xvᵉ siècle.

Haut., 67 cent.

164 — STATUETTE-APPLIQUE en bois sculpté et peint, représentant un saint personnage debout amplement drapé, la tête nue. Fin du xvᵉ siècle.

Haut., 68 cent.

165 — CINQ PETITS PANNEAUX en bois sculpté, présentant des écussons supportés par des anges et des animaux. Fin du xvᵉ siècle.

Haut., 55 cent.; larg., 50 cent.

166 — STATUE, grandeur nature, en bois sculpté, peint et doré, représentant un Roi Mage debout, les mains croisées. Il est coiffé d'un bonnet et vêtu d'une tunique plissée à manches bouffantes. Commencement du xvıᵉ siècle.

Haut., 1 m. 77.

167 — STATUETTE en bois sculpté, représentant un ange céroféraire debout. xvıᵉ siècle.

Haut., 70 cent.

168 — GRAND GROUPE, grandeur nature, représentant sainte Anne, la Vierge et l'Enfant Jésus. Bois sculpté, peint et doré. xvıᵉ siècle.

Haut., 1 m. 70.

169 — STATUETTE-APPLIQUE en bois sculpté, représentant un saint martyr, lié à un arbre et en partie vêtu d'un ample manteau. xvıᵉ siècle.

Haut., 1 m. 20.

170 — GRAND GROUPE-APPLIQUE en bois sculpté, peint et doré, représentant une composition à six personnages figurant le Christ succombant sous la croix. xvıᵉ siècle.

Haut., 1 m. 50.

171 — GROUPE-APPLIQUE en bois sculpté, peint et doré, représentant la Vierge assise, drapée et voilée, tenant l'Enfant Jésus sur le genou gauche et un fruit de la main droite. Travail espagnol du xvıᵉ siècle.

Haut., 1 m. 15.

172 — STATUETTE-APPLIQUE en bois sculpté, représentant la Vierge debout, amplement drapée, les mains jointes. XVIe siècle.

Haut., 90 cent.

173 — STATUETTE-APPLIQUE en bois sculpté et peint : saint Georges, debout, en armure complète, terrassant le dragon. Allemagne, XVIe siècle.

Haut., 1 m. 15.

174 — STATUETTE-APPLIQUE en bois sculpté, peint et doré : Saint Michel, debout, armé de toutes pièces, terrassant le dragon. Travail allemand du XVIe siècle.

Hauteur totale, 42 cent.

Collection d'Yanville.

175 — DEUX STATUETTES-APPL'QUES en bois sculpté, avec traces de peinture et de dorure, représentant deux saintes femmes debout : l'une, la main droite levée, une épée dans la main gauche, les cheveux retombant en longues boucles sur la poitrine et les épaules ; l'autre, tenant un calice et couronnée. XVIe siècle.

Haut., 86 cent.

176 — STATUE-APPLIQUE, petite nature, en bois sculpté, représentant sainte Anne debout, amplement drapée, tenant des deux mains un livre entr'ouvert ; une couronne de perles retient ses cheveux flottants. XVIe siècle.

Haut., 1 m. 15.

177 — STATUE-APPLIQUE, petite nature, en bois sculpté, peint et doré, représentant un saint personnage debout, coiffé d'une toque et amplement drapé. Travail allemand, XVIe siècle.

Haut., 1 m. 40.

178 — STATUE-APPLIQUE, petite nature, en bois sculpté, peint et doré, représentant la Vierge debout, en pleurs, se cachant la figure derrière la main droite ; de la main gauche, elle retient les plis de son ample manteau. Fin du xvie siècle.

Haut., 1 m. 33.

179 — CROIX en bois sculpté, ornée sur les deux faces de symboles des évangélistes et de sujets saints, reliés par rosaces et des rinceaux, avec la date : *1573*. Travail italien, xvie siècle.

Haut., 50 cent.; larg , 34 cent.

180 — BASE de tabernacle, de forme irrégulière, en bois sculpté, peint et doré, à décor de têtes de chérubins. Travail espagnol du xvie siècle.

Profondeur, 60 cent.; haut., 17 cent.; larg. 70 cent.

181 — STATUETTE en bois sculpté, représentant un saint moine, debout, coiffé d'un armet et portant une ceinture à laquelle est suspendu son chapelet. xvie siècle.

Haut., 63 cent.

182 — STATUETTE en bois sculpté, représentant sainte Anne, tenant un livre ouvert de la main droite et retenant, de la main gauche, les plis de son ample manteau. xvie siècle.

Haut., 1 mètre.

183 — PETIT PANNEAU en bois sculpté, à décor de vases fleuris et de dauphins. xvie siècle.

Haut., 35 cent

184 — STATUETTE-APPLIQUE en bois sculpté, représentant sainte Catherine, debout, couronnée, amplement drapée, tenant un livre ouvert sur le bras droit. Flandres, xvie siècle.

Haut., 43 cent.

185 — Haut-relief rectangulaire, en bois sculpté et doré, présentant trois personnages, vus à mi-corps sur fond de paysage avec enceinte fortifiée. XVIᵉ siècle.

Haut., 38 cent.; larg., 3o cent.

186 — Petit panneau de forme rectangulaire en largeur : sujet tiré de l'ancien testament. Bois sculpté. XVIᵉ siècle.

Haut., 13 cent.; larg , 5o cent.

187 — Deux extrémités de poutres en bois sculpté, ornées d'un personnage étendu et de mascarons. XVIᵉ siècle.

Long., 28 cent.

188 — Trois consoles de plafond en bois sculpté, deux présentent des grotesques et la troisième une tête d'homme barbu. XVIᵉ siècle.

189 — Groupe-applique en bois sculpté et polychromé, représentant sainte Anne, assise, éduquant la Vierge. XVIᵉ siècle.

Haut., 85 cent.

190 — Buste-reliquaire en bois sculpté, peint et doré, de sainte femme richement vêtue, coiffée d'une résille qui laisse échapper deux nattes retombant sur la poitrine. Travail espagnol du XVIᵉ siècle.

Haut., 55 cent.

191 — Statuette en bois sculpté et polychromé, représentant l'Enfant Jésus nu et debout, tenant le globe crucifère. Socle mouluré. Travail espagnol, XVIᵉ siècle.

Haut., 5g cent.

192 — Petit groupe en bois sculpté, représentant la Décollation de saint Jean-Baptiste. Composition de trois personnages. Sur la base, les lettres : M. A. C. XVIᵉ siècle. Socle en bois noir.

Haut., 9 cent.

193 — STATUETTE-APPLIQUE, bois sculpté et polychromé, représentant un saint personnage debout, drapé, tenant un livre sous son bras gauche. XVIᵉ siècle.

Haut., 64 cent.

194 — TROIS PIÈCES : petit groupe et deux figurines en bois sculpté, le groupe représentant la Vierge debout, portant l'Enfant Jésus et les figurines, de saints personnages, debout également. XVIᵉ siècle.

Hauteur du groupe, 15 cent.

195 — GROUPE-APPLIQUE, petite nature, en bois sculpté, peint et doré, représentant la Vierge debout, amplement drapée et tenant des deux mains l'Enfant Jésus nu qui, d'une main, porte la pomme et, de l'autre, lui étreint le cou. XVIᵉ siècle.

Haut., 1 m. 25.

196 — GROUPE en bois sculpté, peint et doré, représentant la Vierge assise, portant sur le genou gauche l'Enfant Jésus qui fait le geste de bénédiction. XVIᵉ siècle.

Haut., 75 millim.

197 — STATUETTE-APPLIQUE en bois sculpté et peint, représentant un saint personnage debout, barbu, tenant un livre sous le bras gauche et un couteau de la main droite. XVIᵉ siècle.

Haut., 80 cent.

198 — GROUPE-APPLIQUE en bois sculpté, peint et doré, représentant la Vierge assise, tenant de la main droite un fruit, et portant sur les genoux l'Enfant Jésus. Travail espagnol du XVIᵉ siècle.

Haut., 98 cent.

199 — STATUETTE d'Hercule en bois patiné, à l'imitation du bronze. Il tient sa massue et foule aux pieds le lion de Némée. Italie, fin du XVIᵉ siècle.

Haut., 63 cent.

200 — DEUX PETITS MONTANTS en bois sculpté et peint, provenant d'un meuble et présentant chacun une cariatide d'homme barbu. Fin du XVIᵉ siècle.

Haut., 47 cent.

201 — FIGURINE en bois sculpté, représentant la Vierge assise, amplement drapée. Les bras manquent. XVIᵉ siècle.

Haut., 14 cent.

202 — STATUETTE en buis sculpté, représentant saint Jean, debout, en costume civil avec ample manteau, et les mains jointes. Fin du XVIᵉ siècle.

Haut., 19 cent.

203 — PETIT GROUPE en buis sculpté, représentant la Vierge debout, amplement drapée et portant l'Enfant Jésus, qui lui tend les bras. Fin du XVIᵉ siècle. Socle en bois.

Haut., 15 cent.

204 — QUATRE PIEDS de meuble en bois sculpté, en forme de lions couchés. Fin du XVIᵉ siècle.

Long., 23 cent.

205 — STATUETTE en bois sculpté et peint au naturel, représentant saint Jean enfant, nu, s'appuyant sur l'agneau. Socle en bois sculpté. Travail espagnol du XVIIᵉ siècle.

Haut., 73 cent.

206 — PETIT GROUPE en bois sculpté et peint gris : le Christ et la Samaritaine. XVIIᵉ siècle.

Haut., 55 cent.

207 — STATUE équestre, petite nature, représentant saint Martin, vêtu du manteau et coiffé d'un casque. Bois sculpté, peint et doré. Travail espagnol du XVIIᵉ siècle.

Haut., 1 m. 70.

208 — GROUPE-APPLIQUE en bois sculpté, représentant un
prélat vu à mi-corps et tenant des deux mains l'Enfant
Jésus bénissant. Travail italien du XVIIᵉ siècle.

Haut., 55 cent.

209 — DEUX STATUES-APPLIQUES, petite nature, en bois
sculpté, représentant : l'une, un saint évêque debout ;
l'autre, un saint moine, debout également, tenant chacun
un livre. XVIIᵉ siècle.

Haut., 1 m. 35.

210 — STATUETTE en bois sculpté, représentant sainte Catherine debout, foulant aux pieds le roi de Lydie.

Hauteur totale, 55 cent.

211 — STATUETTE-APPLIQUE en bois sculpté et peint, présentant saint Jean Baptiste debout, tenant l'agneau.

Haut., 1 m. 15.

212 — DEUX VANTAUX DE PORTE, en bois ajouré et sculpté,
à décor de fenestrages gothiques. En partie de la fin du
XVᵉ siècle.

Haut., 2 m. 60; largeur d'un vantail, 55 cent.

213 — DEUX GRANDES CONSOLES D'APPLIQUE en bois sculpté,
présentant des grotesques, avec panneaux armoriés sur
les côtés.

Haut., 85 cent.

214 — DEUX CONSOLES D'APPLIQUE en bois sculpté et doré,
à motifs gothiques.

Haut., 33 cent.

215 — MÉDAILLON rond en bois sculpté, présentant en haut
relief une tête de personnage barbu appliquée.

Diam., 20 cent.

MEUBLES — SIÈGES

216 — FAUTEUIL en bois, à traverse ajourée, en partie du XVIᵉ siècle. Il est couvert de velours rouge.

Larg., 59 cent.

217 — PRIE-DIEU en bois sculpté, à cariatides et colonnettes. Fin du XVIᵉ siècle.

Haut., 88 cent.

218 — FAUTEUIL en bois tourné et sculpté, à traverses ornées de fleurs et rinceaux, sièges et dossiers en cuir clouté de cuivre. XVIIᵉ siècle.

Larg., 67 cent.

219 — FAUTEUIL bas en bois sculpté, à décor de menus rinceaux, avec petits balustres au dossier. Travail portugais, XVIIᵉ siècle. Siège couvert de velours vert ciselé, sur fond jaune.

Larg., 58 cent.

220 — QUATRE CHAISES variées, en bois sculpté, à traverses découpées, décorées de volutes, armoiries, etc., avec petit buste ou feuillages comme couronnement. En partie du XVIIᵉ siècle.

Larg., 50 cent.

221 — COFFRE en bois sculpté, décoré de quatre compartiments présentant les Évangélistes sous des dais. XVIIᵉ siècle.

Larg., 1 m. 55.

222 — DEUX FAUTEUILS en bois sculpté, à bras cintrés ; sur le dossier, une tête de profil, dans une couronne de feuilles.

Larg., 74 cent.

223 — FAUTEUIL en bois, siège et dossier de cuir.

Larg., 70 cent.

224 — SIÈGE en bois ajouré et sculpté, à dossier percé de fenestrages gothiques.

Haut., 95 cent.; larg., 60 cent.

225 — TORCHÈRE en bois sculpté, peint et doré partiellement à décor de mascarons.

Hauteur totale, 1 m. 65.

226 — TABLE en bois sculpté, sur piètement à arcades et colonnettes.

Larg., 1 m. 04.

227 — TABLE rectangulaire, sur piétement à arcature et balustres.

Long., 1 m. 18 ; larg., 70 cent.

228 — FAUTEUIL en bois sculpté et marqueterie de bois de couleurs, à décor d'armoiries et de rinceaux, avec traverses découpées. Travail italien.

Larg., 60 cent.

229 — ARMOIRE-VITRINE, ouvrant à deux portes superposées, formées de volets de fenêtres garnis de ferrures. Volets sur les côtés découvrant les glaces.

Haut., 2 mètres ; larg., 85 cent.

230 — GRANDE TABLE italienne en bois sculpté : le plateau, de forme rectangulaire, repose sur un piètement à éventails, orné d'écussons d'armoiries et à pied-griffes. Les pieds sont reliés par une traverse ornementée.

Larg., 2 m. 60.

231 — TABLE en bois sculpté et doré à piètement formé par des balustres à cannelures en spirale. Dessus de mosaïque de marbre. Travail italien.

Larg., 1 m. 10.

232 — SIX CHAISES en bois, à pieds colonnettes reliés par des traverses.

Larg., 42 cent.

233 — BANQUETTE en bois sculpté, dossier à arcades.

Larg., 1 m. 67.

234 — DEUX ESCABEAUX en bois sculpté, à feuillages et volutes avec armoiries sur les pieds.

Haut., 98 cent.

235 — FAUTEUIL en bois, à traverse ajourée, couvert en tapisserie au point.

Larg., 65 cent.

236 — QUATRE FAUTEUILS en bois tourné et sculpté, à traverses torses, avec masques chimériques à l'extrémité des bras. Ils sont couverts en étoffe.

237 — STALLE à une place, en bois sculpté, décorée d'un lion et d'un animal chimérique.

Haut., 1 m. 08.

238 — DEUX ESCABEAUX en bois sculpté à gros mascarons grimaçants. Travail italien.

Haut., 1 mètre.

TAPISSERIE

239 — TAPISSERIE rectangulaire, présentant quatre personnages, dont deux assis et deux debout, avec armoiries. Fond de verdure.

Haut., 2 m. 20; larg., 2 m. 80.

L i s t e .

No. 127 850,--

132 1500,--

134 2000,--

135 2000,--

202 500,--

228 200,--

229 800,--

233 600,--

236 1600,--

239 50,000,--

No. 59 ....150,-- Francs
No.60 250,--   "
No.62 220,--   "
No.69 2000,--   "
No.77 4000,--   "
No.78 20000,--   "
No.87 6000,--   "
No.102 1400,--   "
No.108 400,--   "
No.110 300,--   "
No.112 1500,--   "
No.118 3500,--   "

60 +
69 +
78 +
87 +
102 +
108 +
109 +
110 +
112 +
118 +
___
127 +
132 +
134 +
135 +
225 +
228 +
232 +
236 +
239 +

G. Ressler 24 av Raphael
     H. Leman angl

          2 abts ___

        PARÉS

      37 rue Laffitte

          -
     Damien

     2 rue Sala

        Lyon

        29657

  Total | 31.184,50 F

RED. :

20

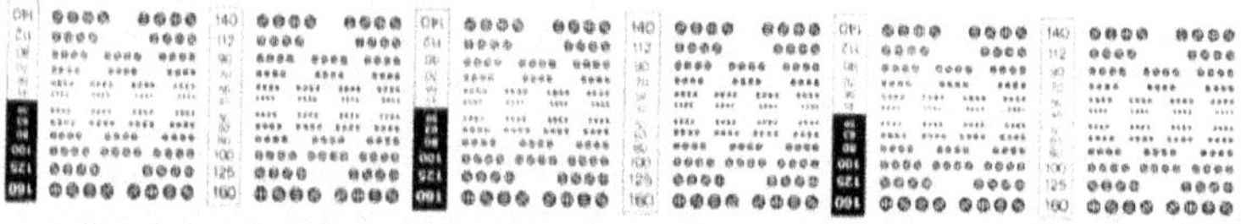

MIRE ISO N° 1
NF Z 43-007
AFNOR
Cedex 7 - 92080 PARIS LA DEFENSE

graphicom

BIBLIOTHEQUE NATIONALE DE FRANCE

****

CHATEAU DE SABLE

1996

9 782329 247342